Juan Valera

El espejo
de Matsuyama

Barcelona **2024**
Linkgua-ediciones.com

Créditos

Título original: El espejo de Matsuyama.

© 2024, Red ediciones S.L.

e-mail: info@Linkgua-ediciones.com

Diseño de cubierta: Michel Mallard.

ISBN rústica: 978-84-96290-66-2.
ISBN ebook: 978-84-9897-946-6.

Cualquier forma de reproducción, distribución, comunicación pública o transformación de esta obra solo puede ser realizada con la autorización de sus titulares, salvo excepción prevista por la ley. Diríjase a CEDRO (Centro Español de Derechos Reprográficos, www.cedro.org) si necesita fotocopiar, escanear o hacer copias digitales de algún fragmento de esta obra.

Sumario

Créditos _____ 4

Brevísima presentación _____ 7

    La vida _____ 7

El espejo de Matsuyama _____ 9

Libros a la carta _____ 13

Brevísima presentación

La vida

Juan Valera (18 de octubre de 1824, Cabra). España.

Era hijo de José Valera y Viaña, oficial de la Marina, y de Dolores Alcalá-Galiano y Pareja, marquesa de la Paniega. Tuvo dos hermanas, Sofía y Ramona y un hermanastro: José Freuller y Alcalá-Galiano.

Su padre vivió de joven en Calcuta y adoptó posiciones liberales. Por ello fue removido de su puesto. Tras la muerte de Fernando VII en 1834, el nuevo gobierno liberal fue rehabilitado y se le nombró comandante de armas de Cabra y después gobernador de Córdoba.

La madre se opuso a que Juan Valera siguiera la carrera militar. Este estudió Lengua y Filosofía en el seminario de Málaga entre 1837 y 1840 y en el colegio Sacromonte de Granada, en 1841. Luego estudió Filosofía y Derecho en la Universidad de Granada, donde se graduó en 1846.

En 1844 publicó primer libro de poemas. Leyó mucha poesía, y en particular a José de Espronceda, y a los clásicos latinos: Catulo, Propercio y Horacio. Hacia 1847 empezó a ejercer la carrera diplomática en Nápoles junto al embajador Ángel de Saavedra, duque de Rivas. Vuelto a Madrid, frecuentó las tertulias y los círculos diplomáticos a fin de conseguir un puesto como funcionario del Estado.

Así viajó por Europa y América. En Lisboa empezó su amor por la cultura portuguesa y el iberismo político. De regreso a España, empezó a escribir y publicar ensayos en 1853 en la *Revista Española de Ambos Mundos*; en 1854 fracasó en un intento de ser diputado, y por entonces estuvo en los consulados de España en Frankfurt y Dresde con el cargo de secretario de embajada.

Hacia 1857 se fue seis meses con el duque de Osuna a San Petersburgo; polemizó con Emilio Castelar en *La Discusión*, y escribió su ensayo *De la doctrina del progreso con relación a la doctrina cristiana*. Asimismo, tras ser elegido diputado por Archidona en 1858, escribió en numerosas revistas como redactor, colaborador o director.

El 5 de diciembre de 1867 se casó en París con Dolores Delavat, veinte años más joven y natural de Río de Janeiro, y tuvo tres hijos: Carlos Valera, Luis Valera y Carmen Valera, nacidos en 1869, 1870 y 1872.

Durante la Revolución española de 1868 fue un cronista de los hechos y escribió los artículos «De la revolución y la libertad religiosa» y «Sobre el concepto que hoy se forma de España».

Juan Valera fue elegido senador por Córdoba en 1872 y en ese mismo año fue director general de Instrucción pública; en 1874 publicó su obra más célebre, *Pepita Jiménez* y, en esa época, conoció a Marcelino Menéndez Pelayo, con quien hizo gran amistad.

En 1895 perdió casi por completo la vista, se jubiló y volvió a Madrid; allí publicó *Juanita la Larga* (1895), y *Morsamor* (1899); frecuentó diversas tertulias y tuvo una en su propia casa.

Valera fue elegido miembro de la Academia de Ciencias Morales y Políticas en 1904. Murió en Madrid el 18 de abril de 1905 y fue enterrado en la sacramental de San Justo.

Sus restos fueron exhumados en 1975 y llevados al cementerio de Cabra.

En ocasiones interesado por los ambientes exóticos propios del Modernismo, Valera expone sus ideas estéticas en: *De la naturaleza y carácter de la novela* (1860) y *Apuntes sobre el nuevo arte de escribir novelas* (1886-1887). En este confrontó su tesis con las de Emilia Pardo Bazán y otros naturalistas, y abogó por un arte narrativo con «verosimilitud artística».

Este relato, ambientado en Japón, es una suma de esas inclinaciones literarias.

El espejo de Matsuyama

Mucho tiempo ha vivían dos jóvenes esposos en lugar muy apartado y rústico. Tenían una hija y ambos la amaban de todo corazón. No diré los nombres de marido y mujer, que ya cayeron en olvido, pero diré que el sitio en que vivían se llamaba Matsuyama, en la provincia de Echigo.

Hubo de acontecer, cuando la niña era aún muy pequeñita, que el padre se vio obligado a ir a la gran ciudad, capital del Imperio. Como era tan lejos, ni la madre ni la niña podían acompañarle, y él se fue solo, despidiéndose de ellas y prometiendo traerles, a la vuelta, muy lindos regalos.

La madre no había ido nunca más allá de la cercana aldea, y así no podía desechar cierto temor al considerar que su marido emprendía tan largo viaje; pero al mismo tiempo sentía orgullosa satisfacción de que fuese él, por todos aquellos contornos, el primer hombre que iba a la rica ciudad, donde el rey y los magnates habitaban, y donde había que ver tantos primores y maravillas.

En fin, cuando supo la mujer que volvía su marido, vistió a la niña de gala, lo mejor que pudo, y ella se vistió un precioso traje azul que sabía que a él le gustaba en extremo.

No atino a encarecer el contento de esta buena mujer cuando vio al marido volver a casa sano y salvo. La chiquitina daba palmadas y sonreía con deleite al ver los juguetes que su padre le trajo. Y él no se hartaba de contar las cosas extraordinarias que había visto, durante la peregrinación, y en la capital misma.

—¡A ti —dijo a su mujer— te he traído un objeto de extraño mérito; se llama espejo! Mírale y dime qué ves dentro.

Le dio entonces una cajita chata, de madera blanca, donde, cuando la abrió ella, encontró un disco de metal. Por un lado era blanco como plata mate, con adornos en realce de pájaros y flores, y por el otro, brillante y pulido como cristal. Allí miró la joven esposa con placer y asombro, porque desde su profundidad vio que la miraba, con labios entreabiertos y ojos animados, un rostro que alegre sonreía.

—¿Qué ves? —preguntó el marido, encantado del pasmo de ella y muy ufano de mostrar que había aprendido algo durante su ausencia.

—Veo a una linda moza, que me mira y que mueve los labios como si hablase, y que lleva, ¡caso extraño!, un vestido azul, exactamente como el mío.

—Tonta, es tu propia cara la que ves —le replicó el marido, muy satisfecho de saber algo que su mujer no sabía—. Ese redondel de metal se llama espejo. En la ciudad cada persona tiene uno, por más que nosotros, aquí en el campo, no los hayamos visto hasta hoy.

Encantada la mujer con el presente, pasó algunos días mirándose a cada momento, porque como ya dije, era la primera vez que había visto un espejo, y por consiguiente, la imagen de su linda cara. Consideró, con todo, que tan prodigiosa alhaja tenía sobrado precio para ser usada de diario, y la guardó en su cajita y la ocultó con cuidado entre sus más estimados tesoros.

Pasaron años, y marido y mujer vivían aún muy dichosos. El hechizo de su vida era la niña, que iba creciendo y era el vivo retrato de su madre, y tan cariñosa y buena que todos la amaban. Pensando la madre en su propia pasajera vanidad, al verse tan bonita, conservó escondido el espejo, recelando que su uso pudiera engreír a la niña. Como no hablaba nunca del espejo, el padre le olvidó del todo. De esta suerte se crió la muchacha tan sencilla y candorosa como había sido su madre, ignorando su propia hermosura, y que la reflejaba el espejo.

Pero llegó un día en que sobrevino tremendo infortunio para esta familia hasta entonces tan dichosa. La excelente y amorosa madre cayó enferma, y aunque la hija la cuidó con tierno afecto y solícito desvelo, se fue empeorando cada vez más, hasta que no quedó esperanza, sino la muerte.

Cuando conoció ella que pronto debía abandonar a su marido y a su hija, se puso muy triste, afligiéndose por los que dejaba en la tierra y sobre todo por la niña.

La llamó, pues, y le dijo:

—Querida hija mía, ya ves que estoy muy enferma y que pronto voy a morir y a dejaros solos a ti y a tu amado padre. Cuando yo desaparezca, prométeme que mirarás en el espejo, todos los días, al despertar y al acostarte. En él me verás y conocerás que estoy siempre velando por ti. Dichas estas palabras, le mostró el sitio donde estaba oculto el espejo. La niña prometió con lágrimas lo que su madre pedía, y ésta, tranquila y resignada, expiró a poco.

En adelante, la obediente y virtuosa niña jamás olvidó el precepto materno, y cada mañana y cada tarde tomaba el espejo del lugar en que estaba oculto, y miraba en él, por largo rato e intensamente. Allí veía la cara de su perdida madre, brillante y sonriendo. No estaba pálida y enferma como en sus últimos días, sino hermosa y joven. A ella confiaba de noche sus disgustos y penas del día, y en ella, al despertar, buscaba aliento y cariño para cumplir con sus deberes.

De esta manera vivió la niña, como vigilada por su madre, procurando complacerla, en todo como cuando vivía, y cuidando siempre de no hacer cosa alguna que pudiera afligirla o enojarla. Su más puro contento era mirar en el espejo y poder decir:

—Madre, hoy he sido como tú quieres que yo sea.

Advirtió el padre, al cabo, que la niña miraba sin falta en el espejo, cada mañana y cada noche, y parecía que conversaba con él. Entonces le preguntó la causa de tan extraña conducta.

La niña contestó:

—Padre, yo miro todos los días en el espejo para ver a mi querida madre y hablar con ella.

Le refirió además el deseo de su madre moribunda y que ella nunca había dejado de cumplirle.

Enternecido por tanta sencillez y tan fiel y amorosa obediencia, vertió lágrimas de piedad y de afecto, y nunca tuvo corazón para descubrir a su hija que la imagen que veía en el espejo era el trasunto de su propia dulce figura, que el poderoso y blando lazo del amor filial hacía cada vez más semejante a la de su difunta madre.

Madrid, 1887

Libros a la carta

A la carta es un servicio especializado para

empresas,

librerías,

bibliotecas,

editoriales

y centros de enseñanza;

y permite confeccionar libros que, por su formato y concepción, sirven a los propósitos más específicos de estas instituciones.

Las empresas nos encargan ediciones personalizadas para marketing editorial o para regalos institucionales. Y los interesados solicitan, a título personal, ediciones antiguas, o no disponibles en el mercado; y las acompañan con notas y comentarios críticos.

Las ediciones tienen como apoyo un libro de estilo con todo tipo de referencias sobre los criterios de tratamiento tipográfico aplicados a nuestros libros que puede ser consultado en Linkgua-ediciones.com.

Linkgua edita por encargo diferentes versiones de una misma obra con distintos tratamientos ortotipográficos (actualizaciones de carácter divulgativo de un clásico, o versiones estrictamente fieles a la edición original de referencia).

Este servicio de ediciones a la carta le permitirá, si usted se dedica a la enseñanza, tener una forma de hacer pública su interpretación de un texto y, sobre una versión digitalizada «base», usted podrá introducir interpretaciones del texto fuente. Es un tópico que los profesores denuncien en clase los desmanes de una edición, o vayan comentando errores de interpretación de un texto y esta es una solución útil a esa necesidad del mundo académico.

Asimismo publicamos de manera sistemática, en un mismo catálogo, tesis doctorales y actas de congresos académicos, que son distribuidas a través de nuestra Web.

El servicio de «libros a la carta» funciona de dos formas.

1. Tenemos un fondo de libros digitalizados que usted puede personalizar en tiradas de al menos cinco ejemplares. Estas personalizaciones pueden ser de todo tipo: añadir notas de clase para uso de un grupo de estudiantes,

13

introducir logos corporativos para uso con fines de marketing empresarial, etc. etc.

2. Buscamos libros descatalogados de otras editoriales y los reeditamos en tiradas cortas a petición de un cliente.